LA COLONIE

DE

METTRAY

POÈME

PAR EUGÈNE BONNAL.

Laissez venir à moi les petits enfants.

VILLENEUVE,

Imprimerie de Xavier Dufeis.

1852.

A Monseigneur

LE PRINCE LOUIS-NAPOLÉON BONAPARTE,

Président de la République.

EXTRAIT

De la France Littéraire de 1840.

« Le retour de Napoléon a produit sur la France
» l'effet du soleil sur la statue de Memnon ; il a
» éveillé mille chants sonores et poétiques. Nous
» avons reçu pour notre part un grand nombre de
» pièces de vers qu'il nous est impossible de publier.
» Entre toutes, nous devons mentionner celle de
» M. Eugène Bonnal. C'est le fruit d'un sincère et
» véhément enthousiasme, en même temps qu'un
» gage de reconnaissance au grand empereur. Voici
» quelques strophes de ce travail qui nous a paru
» remarquable :

> » Déchirée au-dedans, languissait la patrie,
> » Et tu donnas ta sève à sa veine flétrie,
> » Et ton glaive au-dehors fut un fer créateur ;
> » La France sur l'Europe au pas de la victoire,
> » Répandit en soldats, laves du territoire,
> » Son volcan civilisateur.
> » Ta légion d'honneur, cohorte poétique,
> » Des grands jours de combats aurore prophétique,
> » Vive flamme, brillait au front des bataillons ;
> » A ce présage heureux pouvait-on ne pas croire,
> » Quand on te voyait toi, toi, soleil de la gloire,
> » Et les chevaliers, tes rayons ! »

Voilà le premier début à Paris de l'homme
que l'empereur Napoléon avait fait élever enfant !

L'ombre du vainqueur des Pyramides devait natu-
rellement devenir la muse du poète, qui chante depuis
lors la gloire française en Afrique. Plusieurs revues
et grands journaux de la capitale ont déjà cité avec
beaucoup d'éloges des fragments de cette iliade.

Le poème que nous publions aujourd'hui, dé-
dié au digne neveu de l'immortel Empereur, prou-
vera encore la chaleureuse imagination de l'auteur,
qui a revêtu de formes brillantes un sujet, sans doute
fort intéressant, mais aussi fort rebelle à la poésie.

(Note de l'Editeur.)

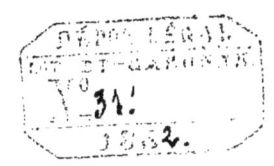

LA COLONIE

DE METTRAY

POÈME

PAR EUGÈNE BONNAL.

Laissez venir à moi les petits enfants.

VILLENEUVE,

Imprimerie de Xavier Duteis.

1852.

METTRAY.

Répondez-nous, savants ! à quelle nouvelle ère
Dut-on plus qu'en ce jour éclairer la misère,
Guider au bien le crime en lui tendant la main
Et recueillir l'enfance aux bords de son chemin ?
Oh ! combien d'indigents, aveuglés par le vice,
Transmettent leurs erreurs à leur enfant novice,
Et combien du progrès le rôle serait beau
S'il chassait l'ignorance avec son vif flambeau !
Pourquoi dans nos cités, instruites les premières,
Ne va-t-on pas chercher les vertus, les lumières,
Comme sur les hauts pics, dorés par le soleil,
Quand la création célèbre son réveil,
On monte pour humer, durant la brise pure,
Les suaves parfums de la fraîche nature ?

Les crimes qu'on poursuit, de vices infectés,
Terniront-ils toujours la splendeur des cités?
Ne devraient-elles pas ressembler aux montagnes
Qui gardent des lacs bleus, réservoir des campagnes,
Font jaillir de leurs flancs les fleuves, les ruisseaux,
Et répandent au loin de salutaires eaux?
Faut-il contre le mal un miracle!... on l'opère!
Des criminels terreur, des bons ouvriers père,
Sondant le gouffre humain, notre nouveau pouvoir,
Dans ses antres profonds va tout apercevoir.
Quand ne verra-t-on plus, au sein des capitales,
Germer des noirs poisons les semences fatales,
Tous les vices hideux se tenir par la main,
Et jeter au hasard les fruits de leur hymen?

Contemplons sous nos yeux l'enfance abandonnée,
Par la misère, hélas! au crime condamnée!
L'enfant qui près de nous est franc, docile, bon,
Devient, quand il est seul, menteur et vagabond,
Récite habilement des prières plaintives
Et, perdant par degrés ses qualités natives,
Evite les regards, s'habitue au larcin,
Et cache quelquefois un poignard dans le sein.
Ce jeune malheureux, déjà sans espérance,
Ne peut du mal au bien faire la différence,
Et vous, législateurs, sur ce frêle roseau,
Vous jetez de la loi l'inflexible réseau!

Tout son être aspirait le grand air salutaire,
Et vous le renfermiez dans un lieu délétère,
Où du crime et des murs les poisons émanés
Brisent l'âme et le corps des jeunes condamnés !

O Mettray ! Quel bonheur ! vois la lumière sainte !
Vois le rayon du ciel éclairer ton enceinte !
Bretignères, Demetz dans l'avenir ont lu,
Et l'immense problème est enfin résolu !
Leur féconde pensée est de Dieu même fille !
Pour relever des fronts où le sceau divin brille
Et des mauvais penchants faire un code vainqueur,
Ils offrent une loi.... mais une loi du cœur.
Cent alliés aidant cette philantropie,
Pensant qu'un progrès sage écarte l'utopie,
Aux captifs arrivant présentent les deux mains
Et font admirer l'homme en se montrant humains.

Entrez ! Comme nos bras, notre porte est ouverte !
Marchez, jeunes proscrits, sur la pelouse verte !
Innocents criminels, amenés en prison,
La campagne et les cieux forment votre horizon !
Contemplez votre éden ! Admirez ces prairies,
Ce ruisseau, ces bosquets et ces branches fleuries !
Les pommes, les raisins sont partout suspendus,
Et personne ne touche à ces fruits défendus.

Dans ces rustiques murs la simplicité brille ;
Orphelins adoptés, entrez dans la famille !
Vos chefs par la tendresse et par la fermeté
Prépareront l'enfance à la virilité !
On confie un pouvoir à l'enfance elle-même :
Chacun donne son vote au compagnon qu'il aime ;
Ce frère aîné, ce chef, élu du libre amour,
Avec sa douce voix vous appelle à son tour.
Malades ! l'air pour vous n'a plus d'intempérie :
Voilà du médecin la figure attendrie !
Et, mère dans l'hospice, une vierge, une sœur,
Pour guérir tous les maux a le baume du cœur.
Frères ! Chérissez-vous ! Que votre âme sereine
Reflète par vos yeux le ciel de la Touraine !
Elancez-vous, rivaux sans animosité,
Vers les prix que toujours décerne l'équité !

Connaissez l'avenir ! Cette veste de bure
Vous présage déjà la réalité dure,
La route sur le roc, l'abîme sous les pas
Et la croix, ce fardeau que l'homme ne voit pas.
Oui ! ces conditions doivent être connues !
L'illusion sied mal dans vos murailles nues :
Nos préceptes écrits, lois de la vérité,
Sur un chemin réel guident la pauvreté.

Montons ! le doux repos, la saine nourriture,

Ici rendent sa force à l'active nature ;
Les frais hamacs, le soir, par les colons tendus,
Dans les bras du sommeil les tiennent suspendus.
Durant la calme nuit l'élève doit se taire.
Quand du joyeux matin le souffle salutaire
Aux jeunes laboureurs annonce le soleil
La même heure pour tous marque le prompt réveil.
Dès l'aube méritant une heureuse carrière,
Ils font à l'éternel monter l'humble prière,
Et quand le jour finit, du cœur tribut touchant,
Comme l'encens, vers lui s'élève leur doux chant.

Partout pour les enfants quelle sollicitude !
Le jour luit : descendons au temple de l'étude !
Là, dans ce temple austère, en leçons tapissé,
Le plan de cette vie est dignement tracé.
La morale en tableaux sur la muraille est peinte
Et laisse dans l'esprit une profonde empreinte ;
Les bonnes actions, sources du vrai bonheur,
Dans leurs cadres, à droite, électrisent le cœur ;
A gauche, sont le jeu, la débauche, l'envie,
Le crime et les remords, vers rongeurs de la vie.
Ce grand buste, au milieu, buste d'un bienfaiteur,
Semble diriger tout, comme ancien fondateur.

L'élève après l'étude est devenu volage :
Voilà les jeux, ces jeux, repos du premier âge !

Mais le temps a doublé son vol si précieux,
Et la classe est ouverte à l'enfant sérieux ;
Après qu'on a guidé sa jeune conscience,
On défriche avec lui le champ de la science,
Afin que la culture aide son noble élan,
Si l'ardeur de sa sève excite son talent.
Puis pour tous les besoins l'habile colonie
Entre tous les métiers établit l'harmonie,
Et ses membres se font, précoces artisants,
Des fruits de leurs labeurs de mutuels présents,

Nourrice des mortels, salut, Agriculture,
Qui centuples par l'art les biens de la nature !
Au-delà de la cour paraît le bâtiment
Où des champs l'amour simple a son doux aliment.
Là-haut, dans le grenier, d'abondance tout plie ;
En bas, le bœuf rumine à sa crêche remplie ;
Sur le toit, la colombe aime à se faire voir,
Et descend avec grâce au limpide abreuvoir.

En vif plaisir Mettray changeant la pénitence,
A nos colons légers inspire la constance.
Frais comme le zéphyr qui vient de l'Orient,
Le jeune agriculteur se lève, souriant,
En famille va voir la nature si belle,
Respire avec l'air pur l'existence nouvelle,
Des champs dans l'art fécond par goût initié,

Régénère le sang qu'il reçut vicié,
Trempe l'âme et le corps dans des flots de lumière
Et d'un sûr avenir prépare la carrière ;
De grands devoirs imbu, le grave laboureur
En tous lieux porte en lui le secret du bonheur.

Oh ! de l'agreste paix le charme poétique
Prépare les esprits au foyer domestique !
Mais du mâle clairon le son retentissant,
Frappe au cœur le Français dans Mettray grandissant,
Et lui qui par instinct adore la victoire,
Déjà nourri des traits de notre belle histoire,
Pense au peuple guerrier des peuples bienfaiteur,
Qui fait de son épée un sceptre créateur.
Pour tout on marche au rang : l'ordre et la symétrie
Dirigent les colons que nourrit la patrie.
Rien ne manque au vouloir, à la capacité ;
Tout renferme l'utile, ou la sublimité.

Si l'âme est vers un but vaguement élancée,
Toujours un noble objet inspire sa pensée.
Voyez ! de cette cour grandiose ornement,
Un mât sert la nature et sert d'enseignement.
A son aspect, frappé d'une vive lumière,
Séduit par l'art naval qui rend la France fière,
L'enfant électrisé se voue aux flots amers
Et, palpitant, s'écrie : « A moi le sein des mers ! »

Dépassons, ô Mettray, les bornes de ce monde !
Religion du Christ ! de ta source féconde
Tu verses les trésors dans des âmes de feu,
Et nous voyons ta croix sur la maison de Dieu !
Le Christ qui du pécheur absolvait chaque offense
Et chérissait surtout la pauvreté, l'enfance,
De ces pauvres enfants naturel protecteur,
Se fait leur interprète auprès du Créateur.
Sur cette dure croix, notre sûre espérance,
Le céleste martyr surmonta sa souffrance,
Pencha sa belle tête et semblant s'assoupir,
Parfuma l'univers de son dernier soupir.....
Ses préceptes sacrés sont lus dans la semaine
Jusqu'au jour du repos que le dimanche amène :
On ouvre, en ce grand jour, le temple du Seigneur,
Et la joie expansive exalte la ferveur.

Entrez, enfants naïfs, agneaux sans artifice !
Méditez de Jésus le divin sacrifice,
Et dans le temple saint, de son zèle animés,
Recueillez les trésors par sa bouche semés !
La jeunesse qui fut de tant de maux souillée,
Le long des simples bancs sans bruit agenouillée,
Partage avec respect le calme du saint-lieu :
Combien l'homme s'élève en s'inclinant vers Dieu !
Debout ! les assistants de la chapelle agreste,
Mêlent leurs fraîches voix dans une hymne céleste ;

De ces accents du cœur le Très-Haut est touché,
Et de la terre au ciel l'espace est rapproché !
De Dieu représentant pour la cérémonie,
Son ministre en son nom bénit la colonie,
Et le jeune chrétien sent un rayon brûlant
Illuminer son âme et lui donner l'élan.

On sort : de nos devoirs la sublime pensée,
Claire comme l'eau vive est dans l'esprit passée ;
Tous les rangs sont formés : le sage directeur
Donne ou le blâme austère, ou l'éloge flatteur ;
Foulant aux pieds l'orgueil, au jeune homme funeste,
Il adresse un sourire au mérite modeste ;
La justice, des cœurs ce mobile puissant,
Fait naître les vertus en les récompensant !

A la source du bien remplis ta conscience
Et revole à tes jeux, flexible adolescence !
Reviens à la palestre après les saints accords !
Après les soins de l'âme il faut les soins du corps !
Science, émotions, beaux arts, littérature,
Tout sans la gymnastique énerve la nature ;
Nos athlètes, sous l'œil d'un public enchanté,
Rivalisent de force et de légèreté.
A Mettray, le dimanche est une double fête :
On range la maison du long seuil jusqu'au faîte ;
L'étranger étonné, qui de ses yeux veut voir,

La beauté dont le charme est un divin pouvoir,
Sont venus au hameau d'où part la renommée,
Et l'enfance à leur vue est de joie animée.
Tout le monde est ému : l'opulent visiteur
Vide en secret sa bourse et trouve le bonheur ;
De la charité vraie un tronc est le symbole,
Et le pauvre lui-même y jette son obole.
Le captif dont l'honneur déjà marque les pas,
Recueille tous les dons, mais ne demande pas.
Donnez, riches heureux, donnez avec largesse !
Visitez le palais, créé par la jeunesse !
Cette exposition tente les mains et l'œil,
Et l'ouvrier se montre avec un juste orgueil.
Le commerce en ce lieu s'unit à l'industrie :
Qui donne à ces enfants enrichit la patrie !
Encouragés ainsi, nos jeunes travailleurs,
Redoubleront d'efforts quand ils seront ailleurs.

Au sortir de Mettray, point de pensée amère !
L'orphelin croit quitter ses frères et sa mère ;
Les regrets dans le cœur, les larmes dans les yeux,
Il part pour l'avenir, muet, religieux.
Pars, captif libéré, personne ne t'oublie !
Aime-nous, et qu'au loin le souvenir te lie
A ce tableau d'honneur où ton nom fut laissé
Et d'où par le mal seul il peut être effacé !
Enfant qu'avec amour Mettray toujours contemple,

Donne à tes vieux parents le pain, le bon exemple !
Difficile d'abord, de tous les vents battu,
Le chemin du travail conduit à la vertu.
Si malgré tes sueurs, la faim, la faim hideuse,
Pose encor sur ton front sa main cadavéreuse,
Ah ! reviens dans nos bras recouvrer la santé !
Notre mot la famille est la réalité !

Dans le monde on vous aime : acceptez-en l'augure,
Vous tous chez qui l'élan de la forte nature,
Par de sages conseils fut puissamment aidé !
Prenez, prenez l'essor ! son germe est fécondé.

Celui qui vint ici comme on marche au supplice,
Brûle de s'élancer dans une grande lice :
Sur son modeste front, miroir de la pudeur,
Reparut par degrés la première candeur,
Et, tissu de sa main, le voile d'innocence
Cache à tous les regards les fautes de l'enfance ;
La honte, quand le nom du jeune homme aura lui,
Ne se dressera pas entre le monde et lui !
Un jour, peut-être un jour, quelques brillants élèves,
Réalisant pour nous leurs poétiques rêves,
Conquérants de l'Afrique, ou hardis matelots,
Dépeignant les périls des déserts ou des flots,
Orateurs inspirés, orgueilleux de leur vie,
Défenseurs de la France, avec gloire servie,

Diront qu'avec le glaive ils firent leur chemin,
Eux qui sans la patrie auraient tendu la main.

Ouvre ton sein fécond à tes fils, ô patrie !
Leur figure n'est point par le vice flétrie :
Pleins d'espoir, de courage, et riches de santé,
Ils trouvent leur trésor dans ta prospérité.
Nos laboureurs ont fait leur noble apprentissage ;
Ils atteindront au but en suivant un plan sage :
Le succès appartient à l'actif citoyen,
Quand l'aisance est son but, le labeur son moyen.

Nos ouvriers, en ville, à leur métier fidèles,
Se font tous reconnaître en servant de modèles ;
Et le travail, des biens juste dispensateur,
Est leur sincère ami, leur puissant protecteur.
Ils tresseront pour eux la plus riche couronne,
Celle du bonheur vrai, celle que l'hymen donne.
Cédant au noble instinct de son cœur expansif,
L'honnête homme isolé devient triste et pensif ;
Un poids vague l'oppresse..... et son regard pétille :
Feu sacré ! don du ciel ! amour de la famille !
Amour de la famille, irrésistible aimant !
L'ouvrier sent en lui ton sublime tourment,
L'ardent et pur foyer qui brûle au fond de l'âme
Et par de beaux élans exhale au loin sa flamme !....
Il est aimé ! l'hymen fait briller son flambeau

Pour guider deux époux dans un monde nouveau.
Devant l'autel de Dieu ces époux font envie !
Ils se donnent la main pour traverser la vie :
Ils rendront en travaux, à la société,
L'appui qu'elle a fondé par la sécurité.

Mettray, du bon, du beau, cultive la semence,
Et le bien qu'il produit avec éclat commence.
O France ! dans ses murs nous bénissons ta loi,
Et de dehors ce bien doit remonter à toi !
Parmi cent traits brillants que le monde énumère,
Choisissons un seul trait, un seul, ô notre mère !
De cette école enfin légitimons l'orgueil !
Montrons un de ses fils dans nos jours de grand deuil !

En juin, sur mille lieux, une tourbe insurgée,
Des pavés fait ses forts, et Lutèce assiégée,
Assiège ces remparts..... Ah ! chaque trait vainqueur,
Frappant des insensés, fera saigner son cœur !
Le soldat citoyen, sauvant la capitale,
Vole, comme l'armée, à la lutte fatale ;
Du tambour matinal le grave roulement,
Coupé de sons plaintifs, traîne lugubrement.....
Déjà tonne le bronze et siffle la mitraille ;
Elève de Mettray, guerrier dans la bataille,
Le front haut, faisant face à la rébellion,
Paraît Richard..... ce preux porte un cœur de lion.

Le faubourg Saint-Antoine est une barricade,
Et des maisons, encor, le feu tombe en cascade.
Richard, de la bravoure y va cueillir le prix,
Quand, ô destin cruel: il est lui-même pris!
N'importe! son malheur a doublé son courage!
Sur le rempart impie, en frémissant de rage,
Il voit flotter des siens l'infortuné drapeau,
Enlevé dans le feu, comme un brandon nouveau :
Malgré cent bras levés homme à tout entreprendre,
Captif voulant mourir plutôt que de se rendre,
Par un sublime effort ce généreux enfant
Renverse tout, s'élance et déjà triomphant,
De pavés sur un mont, sur la brèche dernière,
De l'Ordre aux insurgés arrache la bannière,
Ravit ce noble guide à la captivité,
Descend, le rend aux siens, et marche en liberté.
Sois toujours, ô valeur! l'attribut de la France!
Richard vers le sénat en triomphe s'avance,
Et du Français le prix, l'étoile de l'honneur,
Du héros de Mettray décore le grand cœur.

Mettray! le barde a vu ton éden solitaire;
Il a vu ton miracle et ne doit pas le taire :
Mais pour le célébrer que peut sa faible voix,
Quand les peuples ravis le prônent à la fois!
Poursuis ta mission! par ta métamorphose
Guéris l'immense effet d'une fatale cause,

Et par l'exemple heureux de tes brillants succès,
Encourage la France à de nouveaux essais !
Pour la corruption créant une piscine,
Retranche largement le mal dans sa racine !
Du mal tirant le bien, forme un fécond noyau,
Des enfants dont le crime aurait fait un fléau !
D'un peuple vagabond fondant la colonie,
Fais sortir du chaos ta sublime harmonie !
Ton asile pieux, par l'univers vanté,
Sous le regard du ciel, fixe l'humanité.

Oh ! combien de progrès l'humanité divine,
Par Mettray comparant, dans l'avenir devine !
Ici point d'utopie, et le clair horizon
Se recule sans borne, aux yeux de la raison.
Nous avons vu la loi, puissance tutélaire,
Au jeune criminel mettre un frein salutaire ;
Elle a formé l'enfant, au lieu de le punir ;
Le mal est réparé : l'on doit le prévenir.
Corrigeons les parents ! l'homme qui moralise
Rend les hommes meilleurs, et l'art les civilise :
O beaux arts, aidez-nous ! luttez pour la vertu,
Et le vice ignorant sera vite abattu.
Eclairons nos devoirs de la céleste flamme !
Voyons notre flambeau, durant la nuit de l'âme,
Dans la religion, colonne du milieu,
Qui soutient le mortel et monte jusqu'à Dieu !

Ennoblissons ainsi les forces de la France ,
Et pour les décupler ayons la tempérance !
La débauche , perdant son capiteux poison,
Par degrés fera place à la saine raison.
Contentes de la sphère où le ciel les fit naître ,
Les générations , qui sauront se connaître ,
A la discorde enfin diront un noble adieu ,
Et marcheront au but que pour nous posa Dieu.

Imp. de X. Duteis , à Villeneuve.

www.ingramcontent.com/pod-product-compliance
Lightning Source LLC
Chambersburg PA
CBHW070912200626
46818CB00006BA/2492